Un peu de Paris

一点巴黎

[法]让－雅克·桑贝 著/绘　黄小涂 译

上海译文出版社

N

MAZARIN SRE

Chez ROBERT

PROPRETE
DE PAR S

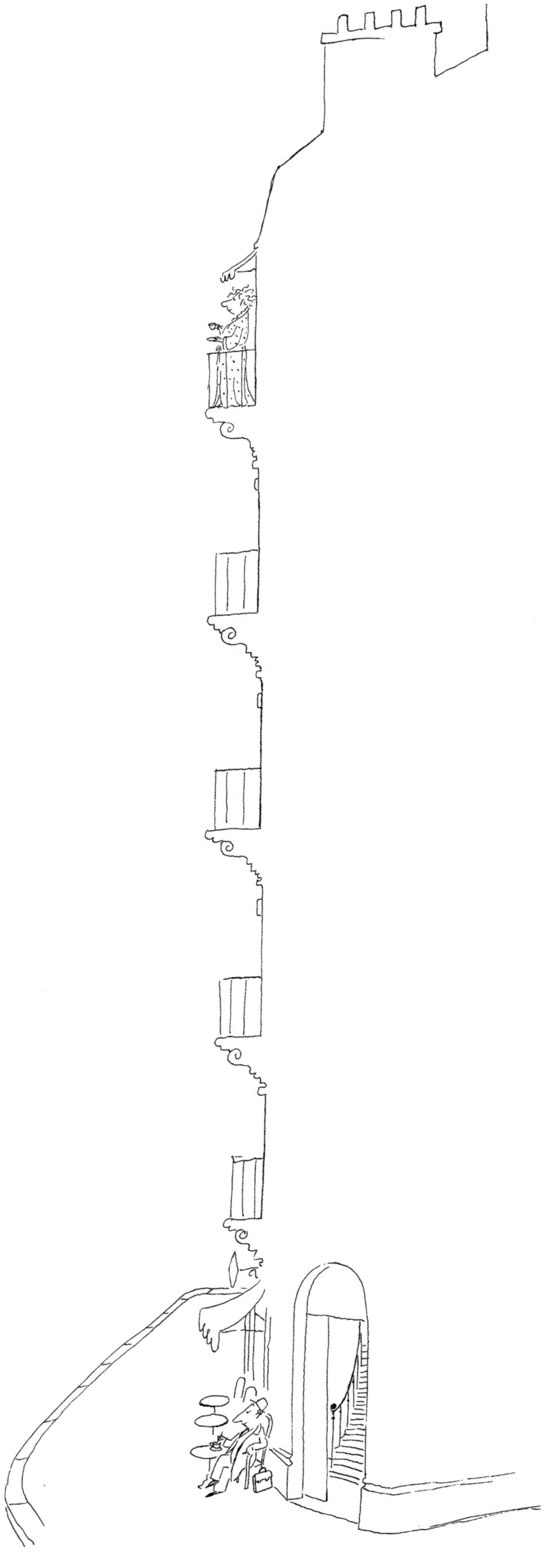

M

CAFE
BAR
Bernachon
FRUITS
et
LEGUMES
MAI
68

N

CHEZ
MARCEL

THEATRE
FOLIE AU LIT
COMEDIE
PAUL CLAUDEL
LE PARTAGE DE MIDI

LIPP
LIPP
HOTEL
BRASSERIE LIPP
P
TAXIS
86

Café de Flore
GALERIE
Café de Flore
Café de Flore
SALAIRE DES CADRES

有些烟草的香味会令本店大多数客人不适
还望配合，请勿抽烟
~~谢谢~~

certains Tabacs
rfumés incom.
upart de nos
courtoisie de
à les fumer
erci~~
YSL
YSL

SYLVIE

CLUB
999
SOLEIL
cityrama
40%

RTL
5%

63
95

NON

POLICE
LOTO
DHL

DALLOYAU
TRAITEUR
PICARD
Chez Picard
QUICK
PLOMBERIE
REST

RENOVATION
DUC DE
XVIIe Siecle
GRAND STANDING
PARKING

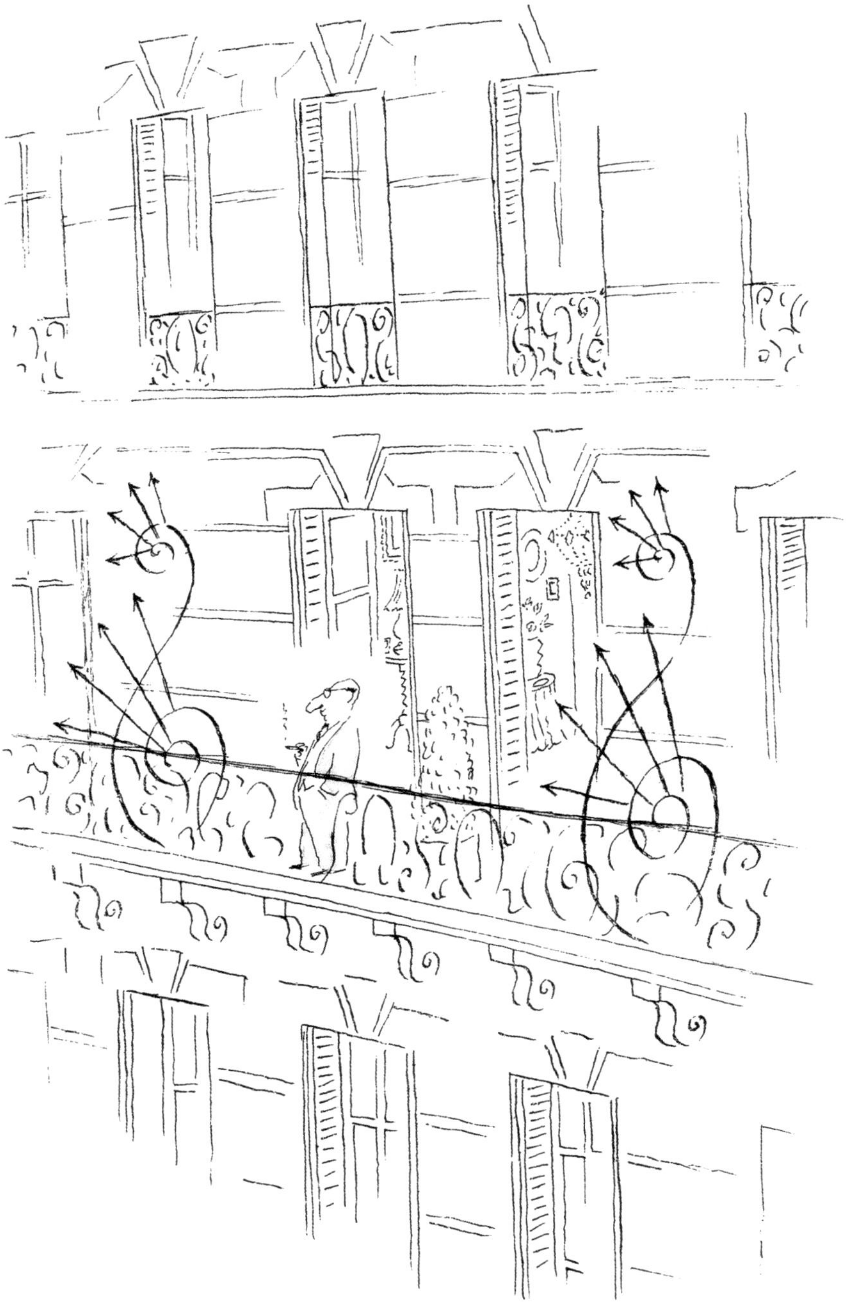

PRES

P
70

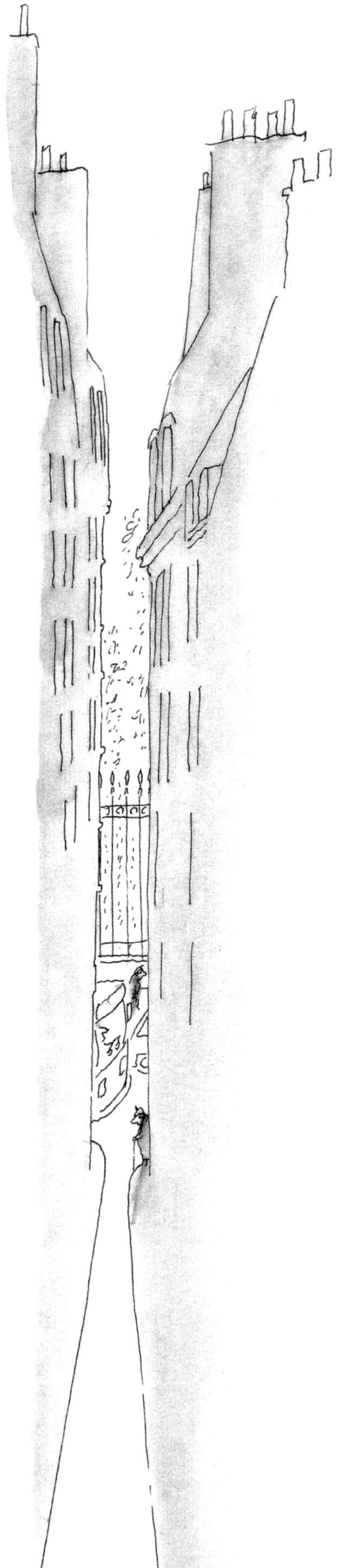

SQUARE

CHAUCHON
TRAITEUR
YSL
YSL

SAMARITAINE

PRESSING
LAVTOU

84

POLICE

HOTEL

paradise
SEXY

牌子上写的是“政治学”，可能是影射法国著名的高等学府巴黎政治学院。

AUX GRANDS HOMMES LA PATRIE RE
COLLEGE DE FRANCE
STRUCTURALISME ET STRUCTURES

BAT

TAXI

Chez René
P

CHARCUTIER

BOULANGERIE
A. CHAUDERE

P

MAISON
DE LA PRESSE

96
Pte DES LILAS
920

亲爱的爸爸妈妈，

谢谢你们资助我在巴黎小住。贝阿特丽丝阿姨非常好客，虽然有点拘谨。我正坐在咖啡馆里，我坐的这张桌子有可能就是当年波伏瓦伏案创作《第二性》的那张。正好来信告诉你们，我不会乘周四晚上六点二十分的火车回来，我改到了周五晚上十点二十分。我心意已决。

让-雅克·桑贝，巴黎 2001

Jean-Jacques Sempé
Un peu de Paris
Simplified Chinese edition is arranged through Bardon-Chinese Agency
First published by Editions GALLIMARD, Paris

图字：09-2021-152(2) 号

图书在版编目（CIP）数据

一点巴黎 /（法）让 - 雅克 · 桑贝著；黄小涂译 .
—上海：上海译文出版社，2022.7
ISBN 978-7-5327-8910-8

Ⅰ . ①一… Ⅱ . ①让… ②黄… Ⅲ . ①随笔 - 作品集
- 法国 - 现代 Ⅳ . ① I565.65
中国版本图书馆 CIP 数据核字 (2022) 第 095064 号

一点巴黎

[法] 让 - 雅克 · 桑贝 著 / 绘
黄小涂 译

责任编辑 黄雅琴
装帧设计 胡 枫

上海译文出版社有限公司出版、发行
网址：www.yiwen.com.cn
201101 上海市闵行区号景路 159 号 B 座
上海雅昌艺术印刷有限公司印刷

开本 889×1194 1/16 印张 7.75 插页 4 字数 1,000
2022 年 11 月第 1 版 2022 年 11 月第 1 次印刷
印数：0,001—8,000 册

ISBN 978-7-5327-8910-8 / I · 5512
定价：148.00 元

如有质量问题，请与承印厂质量科联系 T：021-59226000